Printed in Spain

El

Flautista

de Hamelín

Ilustrado por Graham Percy

PERALT MONTAGUT EDICIONES

Hace muchos años hubo una ciudad llamada Hamelín, situada a la orilla de un hermoso río, cerca de un bosque verde y frondoso.

Pero, sin embargo, la gente que vivía allí estaba asustada e infeliz a causa de

¡LAS RATAS!

Había millones de ellas.

Recorrían las calles en manadas,

persiguiendo a los gatos,

mordiendo a los perros,

escondiéndose entre los elegantes vestidos de la gente,

e incluso comiendo los mejores alimentos
de las tiendas y de las casas.

Todos los habitantes de Hamelín
marcharon enfadados
hacia el Ayuntamiento:

«¡Libradnos de las ratas!», gritaban.

En el interior, el Alcalde y el
Consejo de la Ciudad discutían días
y semanas sobre cómo
podrían conseguirlo.

De repente, una mañana, un extraño
joven apareció ante la puerta de
la Cámara del Consejo. De su
capa roja y amarilla sacó una
larga flauta de madera, y dijo reposadamente:

«Por mil monedas de oro, esta flauta mágica
os librará de las ratas».
«¿Sólo mil? Líbranos de las ratas y
te daremos cincuenta mil», dijeron
el Alcalde y los Concejales, todos a la vez.

Y el Flautista comenzó a tocar su
melodía mágica por la calle.

Las ratas salieron corriendo
y, saltando de todas partes,

siguieron al Flautista
hacia el río.

El Flautista se sentó
en la orilla del río,
y las ratas se precipitaron al agua,
donde se ahogaron todas.

Ahora que las ratas habían desaparecido,
las gentes de Hamelín limpiaron contentas
sus casas, sus patios y sus tiendas.

Pero cuando el Flautista apareció
de nuevo en el mercado para pedir sus
monedas de oro, el Alcalde dijo:

«Fue el río quien ahogó a las
ratas, no tú ni tu flauta...
Aquí tienes cincuenta monedas de oro».

El Flautista contestó: «Dame mis
mil monedas de oro, o tocaré mi
flauta de una forma
que no te agradará en absoluto».

Pero el Alcalde, riendo, se dio media vuelta,
y se fue a la gran fiesta que se
celebraba en el patio del Ayuntamiento.

Así que el Flautista comenzó a tocar
de nuevo su flauta mágica…

y esta vez la música hizo salir
a todos los niños de la ciudad.

El Alcalde, el Consejo de la Ciudad
y todos los padres y madres
dejaron la fiesta y vieron, desolados,
como una larga fila de niños seguía al Flautista
hacia el bosque, más allá de la ciudad.

En el bosque
había una enorme roca
que se abrió por la mitad,
formando una cueva.
Todos los niños entraron
en ella, bailando
y cantando felices.

Luego, la gran roca se cerró tras ellos...

y desaparecieron para vivir
en un valle mágico más allá del bosque.

El Alcalde ofreció una recompensa
de veinte mil monedas de oro,
pero nadie encontró el valle
mágico de los niños,
y jamás se volvió
a ver al
Flautista.